WITCH HUNTER
6

WITCH HUNTER 6
Cho Jung-Man

TU MANQUES SÉRIEUSEMENT DE PRATIQUE !

CONTRE MOI, TU NE FAIS PAS LE POIDS, C'EST ÉVIDENT.

ET POUR LA DERNIÈRE FOIS...
ELLE NE S'APPELLE PAS HALLOWEEN ! ALORS CESSE DE LA DÉSIGNER PAR CE SOBRIQUET DÉGRADANT.
TU N'AS AUCUN DROIT SUR ELLE, JE TE SIGNALE !
MORDRED DOIT RETOURNER AUPRÈS DE SA MÈRE...

LA REINE GUENIÈVRE, SOUVERAINE DU ROYAUME DE BRETAGNE !

QUE LES CHOSES SOIENT BIEN CLAIRES !
LA FERME !!
TON CHARABIA NE M'INTÉRESSE PAS.
HALLOWEEN EST MON SUPPORTER... UN POINT C'EST TOUT !
GRAB

ELLE EST À MOI,
ET JE NE LAISSERAI
PERSONNE ME LA
REPRENDRE !!
!!

21
LE CONVOI D'URGENCE

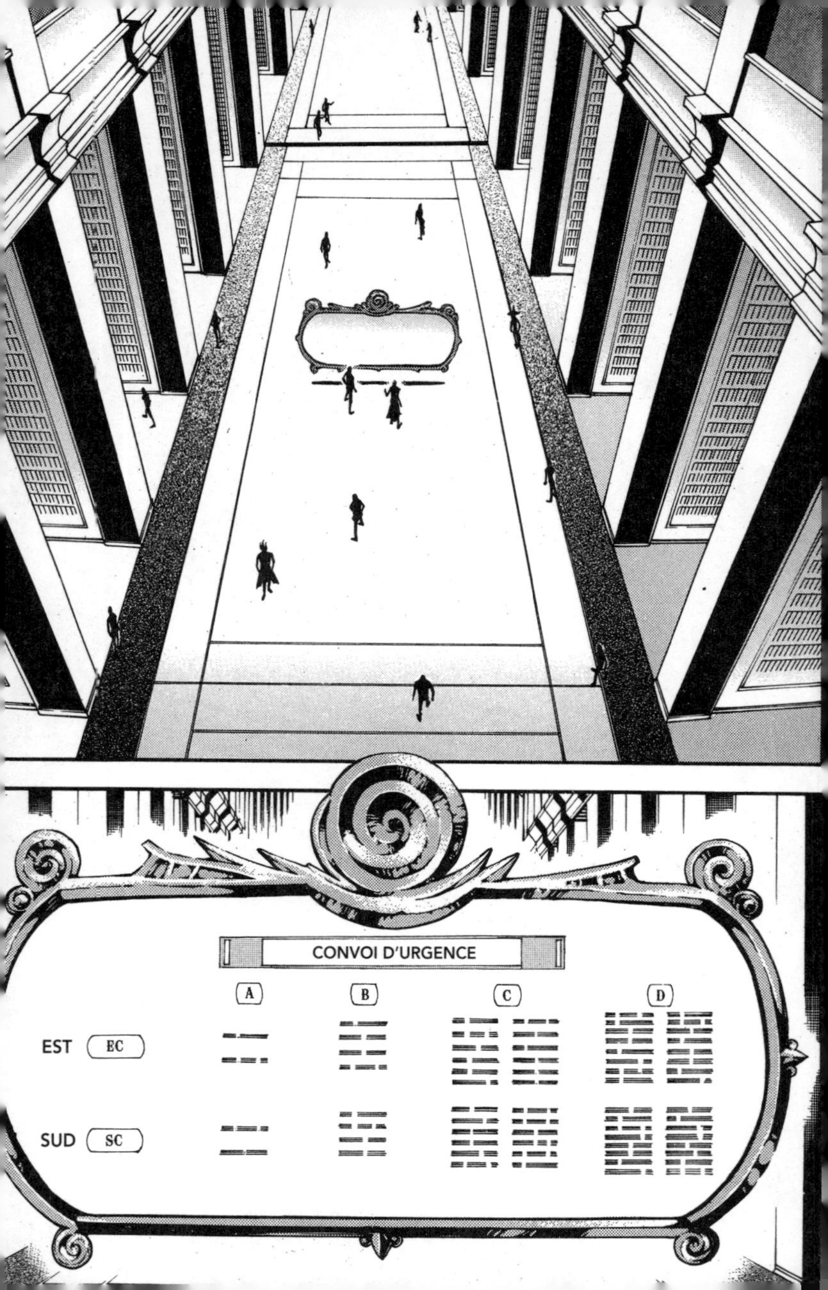
CONVOI D'URGENCE
A
B
C
D
EST
EC
SUD
SC

A
Tasha Godspell
Cooga Kunein
SUD
SC
QUOIII ?! PLUTÔT MOURIR !!!

FAIT RARISSIME POUR UN FANTÔME, BARI, L'ASSISTANTE DE BI HYUNG LANG, A LA PARTICULARITÉ D'ÊTRE VISIBLE POUR LE COMMUN DES MORTELS.
ET VOILÀ VOTRE THÉ !
MERCI, BARI.
MAIS DE RIEN.
LA LISTE DU CONVOI D'URGENCE EST PRÊTE...
TAK
JE VAIS ENFIN POUVOIR SOUFFLER UN PEU !
HMM... DÉLICIEUX* !
* EN FRANÇAIS DANS LE TEXTE, NDT.
BAM
C'EST QUOI, CE DÉLIRE ?!

J'EXIGE QUE TU REFASSES LA LISTE !
TCH
IL A RAISON ! JE REFUSE DE FAIRE ÉQUIPE AVEC CE TARÉ !!
FIUU
C'EST MOI QUE TU TRAITES DE TARÉ ?
IL N'Y A QUE LA VÉRITÉ QUI BLESSE !
KYAAA
BARI ! TU VEUX BIEN T'OCCUPER DE CES DEUX ÉNERGUMÈNES ?
AVEC JOIE !
FLA SHH

RAYON OCULAIRE !!
KYAAA
QUE ÇA VOUS SERVE DE LEÇON !

COMME VOUS LE SAVEZ DÉJÀ, NOTRE Q.G. DE L'OUEST COMPTE QUATORZE CHASSEURS DE CLASSE A.
AVEC NOTRE PÉNURIE D'EFFECTIFS, J'AI EU UN MAL FOU À ÉTABLIR CETTE LISTE, FIGUREZ-VOUS !
SEULEMENT VOILÀ...
TROIS SONT DES NOVICES QUI NE SONT PAS ENCORE HABILITÉES À COMBATTRE.
CE QUI FAIT SEULEMENT ONZE WH OPÉRATIONNELS !
OR, NOUS DEVONS GARDER AU MOINS SEPT CHASSEURS SUR PLACE AU CAS OÙ LES SORCIÈRES ATTAQUERAIENT.
IL M'A DONC FALLU CHOISIR QUATRE AGENTS EXPÉRIMENTÉS POUR DIRIGER LES OPÉRATIONS... UN VÉRITABLE CASSE-TÊTE !

ECLIPSE ET NEKBETH SONT EXCLUES D'OFFICE, CAR ELLES SONT CHARGÉES DE LA FORMATION DES NOVICES.
WORDS EST DANS L'IMPOSSIBILITÉ D'ALLER COMBATTRE LOIN D'ICI.
IL PERDRAIT TOUS SES POUVOIRS S'IL FAISAIT NE SERAIT-CE QU'UN PAS HORS DES TERRITOIRES DE L'OUEST !
JE SAIS QU'AUCUN AGENT NE VEUT FAIRE ÉQUIPE AVEC ALV... À MOINS QUE VOUS NE SOYEZ VOLONTAIRES ?
MÊME PAS EN RÊVE !
(x 2)
LES TROIS FRÈRES DE L'ÉTOILE NOIRE FONT TOUJOURS ÉQUIPE ENSEMBLE.
RESTE DONC QUATRE CANDIDATS POUR ENCADRER LA MISSION...

XING...
TARRAS...
TASHA...
ET COOGA !
XING ET TASHA SE SONT RESPECTIVEMENT PORTÉS VOLONTAIRES POUR L'EST ET LE SUD...
ET IL FAUT AU MOINS UN CHASSEUR DOTÉ DU POUVOIR DE DÉTECTION PAR GROUPE, DONC TASHA ET TARRAS NE PEUVENT PAS FAIRE PARTIE DE LA MÊME ÉQUIPE.
DES OBJECTIONS ?
HMM... COMMENT DIRE...
JE N'AI JAMAIS PU BLAIRER COOGA !
EH BEN C'EST RÉCIPROQUE !!

MA PATIENCE A DES LIMITES...
KYAAA
SCHH
VOUS AVEZ INTÉRÊT À CO-OPÉRER ! SINON...
VOUS FINIREZ COMME EUX !!!
BAAM
TARRAS ...
XING !
AAAH !
BAM
OUILLE !

CES MAUDITS CHASSEURS DE CATÉGORIE BLANCHE ! ILS SE CROIENT VRAIMENT TOUT PERMIS !!
TAP
TAP
TU SAIS QUOI, TASHA ?
?
TU N'AS QU'À PARTIR DANS L'EST AVEC MOI !
NON MAIS ÇA VA PAS LA TÊTE ?!
ARGH
BON, TANT PIS...
AU MOINS, J'AURAI ESSAYÉ !

FLIP FLIP
MAIS TU VAS BEAUCOUP ME MANQUER !
SOIS FORT, D'ACCORD ?
BAM
BAM
BAM
ÇA T'APPRENDRA !
CE QU'IL PEUT ÊTRE DÉSAGRÉABLE, QUAND IL S'Y MET !
ESTIME-TOI HEUREUX D'ÊTRE ENCORE EN VIE...
KRAK
KRAKK

BI SEOL ?!
TROP, C'EST TROP...
J'AI TOUJOURS SU QUE VOUS ÉTIEZ UN INDÉCROTTABLE COUREUR DE JUPONS...
ET VOILÀ QUE MAINTENANT, VOUS DRAGUEZ AUSSI LES HOMMES !!
TAK

WOOOO
MAIS QU'EST-CE QUI TE PREND ?
À VOTRE AVIS ?
BLINK
SB
JE ME FAIS HARCELER DU MATIN AU SOIR PAR LES PAUVRES MALHEUREUSES QUE VOUS AVEZ SÉDUI-TES ET LAISSÉES TOM-BER COMME DES VIEILLES CHAUSSETTES !!
ARGH !!
UN CONSEIL : TROUVEZ-VOUS UNE GENTILLE FILLE...
ET ÉPOUSEZ-LA !
BRR
ALLONS, ALLONS...

JE VEUX DISTRIBUER MON AMOUR À TOUTES LES FEMMES DE LA TERRE !
SURTOUT À CELLES QUI ONT UNE SILHOUETTE DE RÊVE !
POURQUOI VOUDRAIS-TU QUE JE ME LIMITE À UNE SEULE COMPAGNE ?
BONJOUR LA COMPA-RAISON...
GRR GRR
TU ME VOIS PORTER LA MÊME PAIRE DE LUNETTES DE SOLEIL TOUTE MA VIE ? EH BIEN, EN AMOUR, C'EST LA MÊME CHOSE !
JE VAIS VOUS REMETTRE LES IDÉES EN PLACE, MOI !
VOUS N'AVEZ AUCUN RESPECT POUR LES FEMMES !!
BOOM
TA TA

CE PAUVRE GARÇON N'A AUCUNE AUTORITÉ... IL SE LAISSE VRAIMENT MARCHER SUR LES PIEDS PAR SON ASSISTANTE !
TUK TUK
OUI, ALISHA ?
BOING
OUILLE !! MY EYES ! MY EYES !
SKRRRR
MAIS VOUS AVEZ PERDU LA TÊTE, MA PAROLE ?!
KRR
PERSONNE N'AVAIT JAMAIS OSÉ LEVER LA MAIN SUR MOI !
(PAS MÊME MON PAPA !)

* C'EST UNE VARIÉTÉ DE ROSES, NDT.

AU TRAVAIL ! JE VOUS AI À L'ŒIL !
TAP
TAP
COUCOU ! QU'EST-CE QUE VOUS FAITES LÀ ?

SALUT, TASHA.
COMMENT ÇA VA ?
JE NE SAIS PAS COMMENT TE REMERCIER, ELMAR ! C'EST VRAIMENT SYMPA D'ASSURER L'ENTRAÎNEMENT D'HALLOWEEN.
TOUT LE PLAISIR EST POUR MOI ! C'EST UNE EXCELLENTE PARTENAIRE.
ALORS ? COMMENT SE DÉBROUILLE LA PETITE ?
ELLE EST FORMIDABLE.
ON JURERAIT QUE C'ÉTAIT UNE FINE LAME DANS UNE AUTRE VIE.
EH BEN !
FLIP
FLIP
BON, ON SE RETROUVE DANS TES QUARTIERS ! J'AI BESOIN D'UNE BONNE DOUCHE.
FLIP
FLIP
OK !

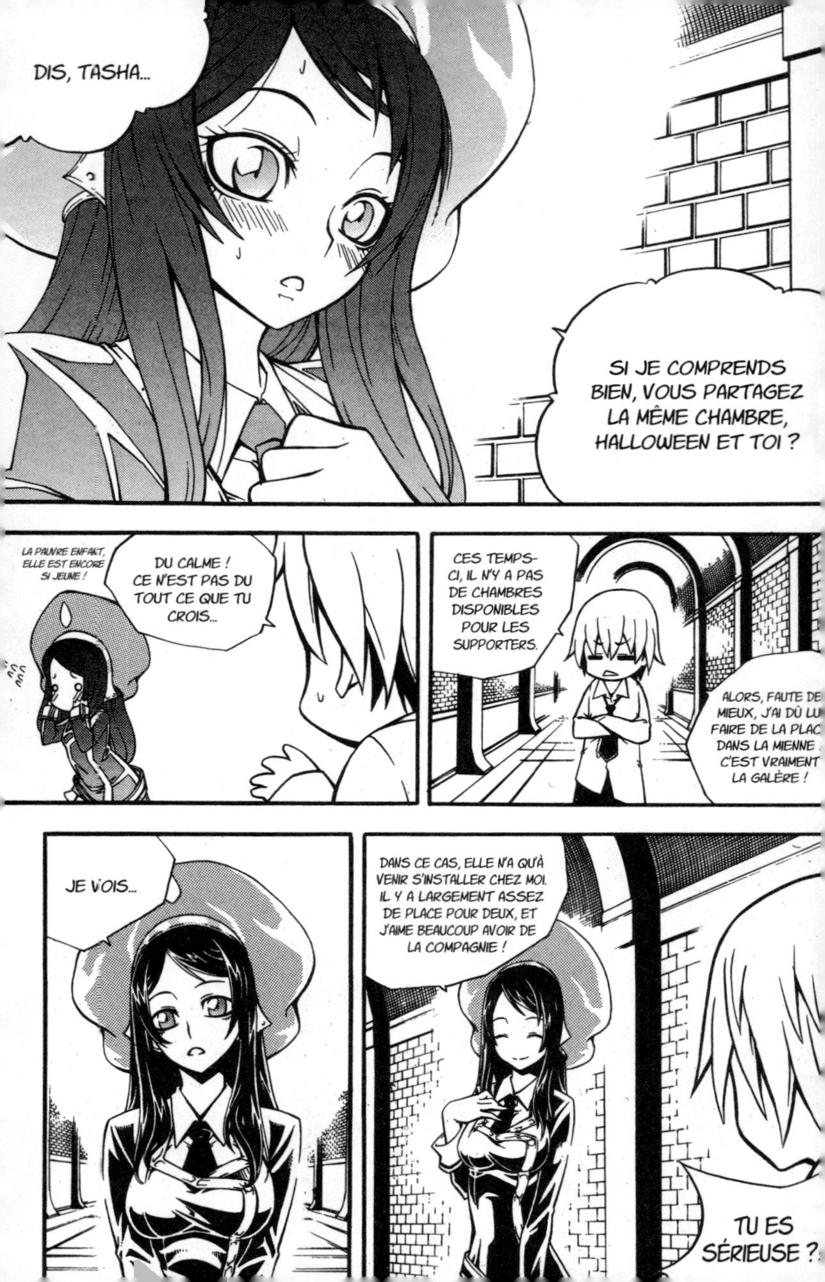

DIS, TASHA...
SI JE COMPRENDS BIEN, VOUS PARTAGEZ LA MÊME CHAMBRE, HALLOWEEN ET TOI ?
DU CALME ! CE N'EST PAS DU TOUT CE QUE TU CROIS...
LA PAUVRE ENFANT, ELLE EST ENCORE SI JEUNE !
CES TEMPS-CI, IL N'Y A PAS DE CHAMBRES DISPONIBLES POUR LES SUPPORTERS.
ALORS, FAUTE DE MIEUX, J'AI DÛ LUI FAIRE DE LA PLACE DANS LA MIENNE. C'EST VRAIMENT LA GALÈRE !
JE VOIS...
DANS CE CAS, ELLE N'A QU'À VENIR S'INSTALLER CHEZ MOI. IL Y A LARGEMENT ASSEZ DE PLACE POUR DEUX, ET J'AIME BEAUCOUP AVOIR DE LA COMPAGNIE !
TU ES SÉRIEUSE ?

CE NE SERA PAS LA PEINE !
TA
AK
JE PRÉFÈRE RESTER AVEC TASHA !
LES SUPPORTERS SONT CENSÉS VEILLER CONSTAMMENT SUR LEUR MAÎTRE !
J'AI BESOIN D'INTIMITÉ, COMME TOUT LE MONDE ! TU PEUX COMPRENDRE ÇA, NON ?
TU PARLES ! COMME SI JE NE T'AVAIS PAS DÉJÀ VU SOUS TOUTES LES COUTURES...
PEUT-ÊTRE, MAIS À L'ÉPOQUE, TU ÉTAIS UNE CITROUILLE !!

AAAH... CE QUE ÇA FAIT DU BIEN !
VRRRRRR
J'AI FINI, TASHA ! LA SALLE DE BAINS EST LIBRE.
OK, MERCI.
DIS DONC ! MAIS C'EST MA CHEMISE !!
PAS LA PEINE DE CRIER !
POK POK
COMMENT VEUX-TU QUE JE FASSE ? MES FRINGUES SONT AU LAVAGE, ET JE N'AI AUCUNE TENUE DE RECHANGE !
ET FAIS-MOI LE PLAISIR DE TE BOUTONNER CORRECTEMENT !

NE FAIS PAS TANT DE MANIÈRES ! TOI ET MOI, ON SE CONNAÎT PAR CŒUR !
SWIP
BONSOIR, LINDA ! VOUS POUVEZ ME TROUVER DES VÊTEMENTS POUR HALLOWEEN ? DE PRÉFÉRENCE DES TENUES TRÈS STRICTES !
MON ASSISTANTE VA T'APPORTER DE NOUVEAUX VÊT... HEIN ?
PLIK
PLIK
MAIS TES CHEVEUX SONT TOUT MOUILLÉS !
ILS DÉGOULINENT DE PARTOUT...
AH LÀ LÀ...
ET ALORS ?
ILS FINIRONT BIEN PAR SÉCHER TOUT SEULS !
VIENS T'ASSEOIR ICI.

WUUUUUU
QU'EST-CE QUE C'EST ?
UN OBJET MAGIQUE QUI SOUFFLE DE L'AIR CHAUD.
ON RACONTE QUE CE SONT DES SORCIÈRES TRÈS COQUETTES QUI L'ONT INVENTÉ !
FSHH
HMM... J'ADORE ÇA !
J'IGNORAIS QUE C'ÉTAIT SI AGRÉABLE DE SE FAIRE COIFFER.

C'EST ASSEZ INATTENDU, DE LA PART D'UN GARÇON...
TU ES PLUTÔT DOUÉ !

VOUS AVEZ DES CHEVEUX ABSOLUMENT MAGNIFIQUES !
C'EST UN VRAI PLAISIR DE LES COIFFER. ON VOIT QU'ILS ONT TOUJOURS ÉTÉ BIEN SOIGNÉS !

C'EST LE CAS !
MON FRÈRE AVAIT L'HABITUDE DE ME BROSSER LES CHEVEUX.
VOUS EN AVEZ DE LA CHANCE.
EN EFFET.
ET TU SAIS QUOI...
JE SUIS BIEN DÉCIDÉE À FAIRE DE LUI MON NOUVEAU SUPPORTER...
EN ROUTE, VARIETTE !
KLIK
TCHAARRA
LE DEVOIR NOUS APPELLE.

QUELLE EST NOTRE PROCHAINE CIBLE ?
J'AI HÂTE D'EN DÉCOUDRE !

L.* FAIT ENCORE DES SIENNES !

* L'ASSISTANTE DE L'AUTEUR, NDT.

J'ÉTAIS LE SEUL À AVOIR LE DROIT DE LUI BROSSER LES CHEVEUX.
ARIA AUSSI ADORAIT SE FAIRE COIF-FER...
ET VOILÀ, C'EST FINI !
C'EST VRAI QUE JE NE SUIS PAS UN SUPPORTER TRÈS OBÉIS-SANT...
HAUT LES CŒURS, TASHA.
SSH
TANT QUE TU RESTERAS MON MAÎTRE...
MAIS JE PEUX TE PROMETTRE QUE...

JE ME BATTRAI JUSQU'À LA MORT POUR TE DÉFENDRE !
ALORS CONCENTRE-TOI SUR LA MANIÈRE DE DÉLIVREZ TA SŒUR, ET LAISSE-MOI ME CHARGER DU RESTE !
AH OUI, ENCORE UNE PETITE CHOSE...
SOURIS !
JE N'AIME PAS TE VOIR AUSSI TRISTE.
D'ACCORD, MAÎTRE ?

D'ACCORD...

22
LA PIÈCE MAÎTRESSE

NOTRE CONVOI D'URGENCE SE COMPOSE DE 52 MEMBRES AU TOTAL, SOIT QUATRE AGENTS DE CLASSE A, HUIT AGENTS DE CLASSE B, 24 AGENTS DE CLASSE C ET 16 AGENTS DE CLASSE D !
NOUS N'AVONS PAS BEAUCOUP DE TEMPS. JE SERAI DONC BREF !
TÂCHEZ DE REVENIR VIVANTS !
BONNE CHANCE À TOUS !!

EN VOITURE, EN VOITURE !!
TASHA !
TU PEUX DORMIR SUR TES DEUX OREILLES ! JE N'AI PAS L'INTENTION DE ME FAIRE DESCENDRE.
PAS DE BÊTISES, D'ACCORD ? ÇA M'EMBÊTERAIT D'AVOIR TA MORT SUR LA CONSCIENCE...

BIEN...
TAP
IL ME RESTE UN DERNIER DÉTAIL À RÉGLER !
BLOB
BLOB

KWAAAAAAHH
TIENS, TIENS...

TU EN AS MIS DU TEMPS !
ÉCOUTE... JE SUIS TRÈS OCCUPÉE, EN CE MOMENT...
C'EST PARCE QUE TA MAGIE DE CAMOUFLAGE EST PARTICULIÈREMENT EFFICACE !
WOOONF
ALORS ABRÈGE, TU VEUX !
WISH
MAIS IL EN FAUT PLUS QUE ÇA POUR ME PIÉGER...

CE QUE TU PEUX ÊTRE PRÉSOMPTUEUSE ! SI TU ME DISAIS PLUTÔT LA RAISON POUR LAQUELLE TU TOURNES AUTOUR DE TASHA ?
JE N'AIME PAS BEAUCOUP TES INSINUATIONS !

C'EST POURTANT LA PURE VÉRITÉ !
TU RÔDES DANS LES PARAGES CHAQUE FOIS QUE TASHA EST DE RETOUR ! ET, COMME PAR HASARD, DÈS QU'IL REPART EN MISSION, TU DISPARAIS !
SI JE COMPRENDS BIEN, TU ME SURVEILLES DEPUIS UN MOMENT...
IL Y A UNE CHOSE QUI M'ÉCHAPPE.
MA MAGIE DE CAMOUFLAGE EST CEN-SÉE ÊTRE PARFAITE ! ALORS COMMENT AS-TU FAIT POUR DÉCELER MA PRÉSENCE ?
TU ES TRÈS FORTE, C'EST VRAI. MÊME DIANA A EU DU MAL À TE LOCALISER !
MAIS MALHEUREUSEMENT POUR TOI...
JE POSSÈDE UN POUVOIR TRÈS PARTICULIER...

CELUI DE REPÉRER LES ÂMES !
QU'IL S'AGISSE DE CELLES DES PLANTES...
OU DES ANIMAUX.
AUCUNE CRÉATURE VIVANTE...
N'ÉCHAPPE À MON RADAR !

JE VOIS.
EN D'AUTRES TERMES, TU FINIRAS TOUJOURS PAR RETROUVER MA TRACE !
À MON TOUR DE TE POSER UNE QUESTION ! POURQUOI T'INTÉRESSES-TU AUTANT À TASHA ?
SI JAMAIS IL LUI ARRIVE QUOI QUE CE SOIT PAR TA FAUTE...
OUI ?
JE N'HÉSITERAI PAS UNE SECONDE...
À RÉDUIRE TON ÂME EN MIETTES !

HI HI HI !
RIEN QUE ÇA ?
TU NE CONNAIS MÊME PAS MON IDENTITÉ !
TU NE SAIS RIEN NON PLUS DE MES POUVOIRS, DE MES INTENTIONS...
MAIS CELA NE T'EMPÊCHE PAS DE ME POURSUIVRE ET, PIRE ENCORE, DE ME MENACER !
AH LÀ LÀ ! DÉCIDÉMENT, JE NE COMPRENDRAI JAMAIS LES HUMAINS... MAIS PUISQUE TU INSISTES, J'ACCEPTE DE RÉPONDRE À TA QUESTION !
TAK
FIGURE-TOI QUE J'ESSAIE DE PROTÉGER TASHA.
POF
POF
VRAIMENT ? MAIS TU ES UNE SORCIÈRE !
CERTES, MAIS CE GARÇON COMPTE BEAUCOUP POUR MOI...

IL EST MON MEILLEUR ATOUT POUR CONTRECARRER LES PROJETS DE NORTH !
NORTH, QUI A PROVOQUÉ CETTE GUERRE ? CE N'EST UN SECRET POUR PERSONNE QUE SON OBJECTIF EST DE RÉDUIRE L'HUMANITÉ EN ESCLAVAGE.
ON N'A PAS BESOIN DE TON AIDE POUR L'ARRÊTER, MERCI !
HMM...

TU CONFONDS SÛREMENT AVEC SOUTH !
NORTH A D'AUTRES PROJETS...
ÉCOUTE-MOI BIEN...
TAP
NORTH N'A QU'UNE IDÉE EN TÊTE...
L'ANÉANTISSEMENT PUR ET SIMPLE DE L'ESPÈCE HUMAINE !
!!

ELLE HAIT LES HOMMES PLUS QUE TOUT AU MONDE.
J'IMAGINE QU'ELLE PRÉPARAIT SON COUP DEPUIS LONGTEMPS !
MAIS TU NE DEVINERAS JAMAIS QUELLE EST LA PIÈCE MAÎTRESSE DE SON PLAN...
IL S'AGIT DE TASHA GODSPELL !

QUELLE IRONIE DU SORT...
L'AVENIR DE L'HUMA-NITÉ TOUTE ENTIÈRE REPOSE SUR UN SEUL ÊTRE...
CE BRAVE TASHA EST UNE LAME À DOUBLE TRANCHANT QUI PEUT AUSSI BIEN SAUVER LA TERRE...
QUE CAUSER VOTRE PERTE À TOUS !

SI JE COMPRENDS BIEN, TASHA DEVRA CHOISIR ENTRE TOI ET NORTH...
ET DE SON CHOIX DÉPENDRA L'AVENIR DE LA TERRE, C'EST BIEN ÇA ?
C'EST UN VRAI CONTE À DORMIR DEBOUT QUE TU ME RACONTES LÀ...
HA HA HA !!
JE NE VOIS PAS CE QU'IL Y A DE S DRÔLE !
CE QU'IL NE FAUT PAS ENTENDRE !
VOYONS, TASHA N'A PAS SON MOT À DIRE DANS CETTE HISTOIRE... QUELLE ABSURDITÉ !
IL N'A AUCUNE ESPÈCE D'IMPORTANCE.

QUAND IL NE NOUS SERA PLUS D'AUCUNE UTILITÉ, IL TOMBERA AUX OUBLIETTES...
TON PROTÉGÉ N'EST QU'UN PION...
ET AU FINAL, PERSONNE NE SE SOUVIENDRA DE SON EXIS-TENCE !
NI PLUS, NI MOINS !
JE DOIS FAIRE EN SORTE QU'ELLES NE LE TUENT P...
MAIS EN ATTENDANT, IL DEMEURE L'OBJET DE TOUTES LES CONVOITISES.
LES AUTRES SORCIÈRES NE SONT PAS AU COURANT DES PROJETS DE NORTH ! ET, BIEN ENTENDU, ELLES IGNORENT TOUT DU RÔLE DE TASHA.

SWOOSH
BAM
GWOOOOHHHH
TU AS BLOQUÉ MA LANCE SPIRITUELLE COMME SI C'ÉTAIT UN JEU D'ENFANT ! DÉCIDÉMENT, TU ES UNE SORCIÈRE TRÈS PUISSANTE...
SWIP
SWUNK
ON PEUT SAVOIR CE QUE ÇA SIGNIFIE ?

J'EN AI ASSEZ ENTENDU.
MOI, BI HYUNG LANG, AGENT DE CLASSE S DU DÉPARTEMENT DE L'OUEST...
JE T'ARRÊTE POUR SORCELLERIE !
TU AS BIEN COMPRIS CE QUE J'AI DIT ? L'AVENIR DE L'HUMANITÉ EST EN JEU...
LES SORCIÈRES MENTENT COMME ELLES RESPIRENT !
ET QUAND BIEN MÊME TU DIRAIS LA VÉRITÉ...

JE FERAI ABSOLUMENT TOUT CE QUI EST EN MON POUVOIR...
POUR T'EMPÊCHER DE NUIRE À TASHA !
JE N'EN REVIENS PAS...
ALORS COMME ÇA, TU ACCORDES PLUS D'IMPORTANCE À SA VIE QU'AU RESTE DE L'HUMANITÉ ?
TU VEUX RIRE ? CE CRÉTIN COMPTE POUR DES PRUNES !
ALORS POURQUOI ?!
C'EST À CAUSE D'UNE PROMESSE QUE J'AI FAITE...

JE ME SUIS ENGAGÉ À VEILLER SUR LUI.
À MES YEUX, CETTE PROMESSE VAUT TOUS LES SACRIFICES !
DOMMAGE, JE TE CROYAIS UN PEU PLUS MALIN QUE LES AUTRES !
LA STUPIDITÉ DES HUMAINS DÉPASSE L'ENTENDEMENT !
TAK

WUUM
LA FORCE BRUTE EST LE SEUL LANGAGE QUE VOUS COMPRENIEZ !
TU NE ME FERAS PAS BOUGER D'UN POUCE !
MAIS JE VAIS AVOIR BESOIN D'AIDE...
TAP

BARI !
ME VOICI, MAÎTRE ! PERMETTEZ-MOI DE PRENDRE LE RELAIS.

DIS-MOI... TU ES SÛR QUE CETTE FRÊLE DEMOISELLE EST DE TAILLE À AFFRONTER SURT ?
NE LA SOUS-ESTIME PAS ! ELLE N'EST PAS AUSSI VULNÉRABLE QU'ELLE EN A L'AIR...

TAK

!!
ALORS ?
TU ME TROUVES TOUJOURS AUSSI VULNÉRABLE ?

J'AVOUE QUE C'EST TRÈS IMPRESSIONNANT !
DIS DONC, SURT...
QU'EST-CE QUE TU ATTENDS POUR TE RELEVER ?
IL N'Y ARRIVERA P...
KRAK

JE N'EN REVIENS PAS... IL N'A MÊME PAS UNE ÉGRATIGNURE !
ÇA ALORS !! IL A RÉSISTÉ AU CHOC !
JE VAIS DEVOIR T'AFFRONTER AU SABRE !
DANS CE CAS...

SWOOOFF
WRAAAAM

WAAAH
FLIK
FLIK
FLIK
FLIK
SWOOSH

UHM
TSK
JE L'AI TROUVÉ !

UHM
BIEN JOUÉ, ROSE ! SOUTH SERA CONTENTE DE TOI.
HEIN ?!
C'EST PAS VRAI !
ILS SONT EN TRAIN DE FILER VERS LE SUD !
GRR...
ÇA NE M'ARRANGE PAS DU TOUT !!
BON, TANT PIS...
TOUT LE MONDE EST LÀ ?

OUI, ROSE !

PARTEZ SUR-LE-CHAMP...
CES PÉTALES VOUS MONTRERONT LE CHEMIN !
FRUUSH
VITAL, MON SUPPORTER, SE CHARGERA DE RETENIR LE WH EXPRESS EN ATTENDANT VOTRE ARRIVÉE.
MASSACREZ-LES TOUS...

À L'EXCEPTION D'UN SEUL !
ME SUIS-JE FAIT BIEN COMPRENDRE ?
COMPRIS, ROSE !!
PAF

UN PRISONNIER SUFFIRA..
HYPNIA, LA SORCIÈRE DES SONGES, N'AURA AUCUN MAL À LUI SOUTIRER DES INFORMATIONS !
MAIS J'Y PENSE...
CE SERAIT BIEN QUE TU LES ACCOMPAGNES, JUSTE AU CAS OÙ...

Ô FILS
DE L'HOMME !
SI TELLE EST
LA VOLONTÉ
DE SOUTH...

QUESTION DE POINT DE VUE

23 LES AGENTS DE CATÉGORIE BLANCHE

TAK
TAK
TAK
FISSA

TARRAS...
OUI ?
COMMENT FAITES-VOUS POUR RESTER AUSSI SEREIN ?
NOUS SOMMES EN ROUTE POUR LE Q.G. DE L'EST, QUI PASSE POUR ÊTRE LE PLUS VULNÉRABLE DES QUATRE DÉPARTEMENTS ! ON RACONTE QUE LÀ-BAS, LES PERTES SONT CONSIDÉRABLES... JE ME DEMANDE COMBIEN D'ENTRE NOUS RE-VIENDRONT VIVANTS DE CETTE MISSION !
J'ESSAIE DE TRAVAILLER UN PEU POUR M'OCCUPER L'ESPRIT, MAIS C'EST DIFFICILE.
TAK
ALLONS, BI SEOL...

MOI, TARRAS DOBERG, J'APPARTIENS À L'ÉLITE DES WITCH HUNTERS !
VOUS SEMBLEZ OUBLIER QUI JE SUIS !
RIEN NE PEUT M'EFFRAYER !
LA FAMILLE DOBERG FAIT PARTIE DES FONDATEURS DE L'ARMÉE DES WH ! NOUS COMBATTONS LES SORCIÈRES DEPUIS TOUJOURS.
SI CE N'EST UNE CERTAINE PERSONNE !

XING !
TC
VOUS NE TENEZ PAS EN PLACE, À CE QUE JE VOIS !
IL FAUT BIEN QUE JE DRAGUE !
HAK
J'AI REPÉRÉ QUELQUES CANONS PARMI LES DEMOI-SELLES MEMBRES DU CONVOI !
VOUS CROYEZ QUE C'EST BIEN LE MOMENT ?!
QUE VEUX-TU ? C'EST MA NATURE...
VOUS ÊTES INCORRIGIBLE...
GIA
KK
JE CONNAIS UN BON MOYEN DE VOUS CALMER !!

MAIS...
BAH, IL EST IRRÉCUPÉRABLE !
VOUS POURREZ TOUJOURS VOUS OCCUPER DE LUI PLUS TARD...
WIP
EN ATTENDANT, À NOUS DEUX, XING !
JE NE SUIS PAS CERTAIN D'AVOIR BIEN COMPRIS TES PROPOS...
ALORS COMME ÇA, TU INSINUES QU'IL Y AURAIT QUELQU'UN QUI ME FICHE LA TROUILLE ?

BRR
JE VEUX SON NOM !
TU LE CONNAIS AUSSI BIEN QUE MOI !
ÇA N'A PAS ÉTÉ BIEN DIFFICILE DE REPÉRER TON PETIT MANÈGE...
DEPUIS QU'ON FAIT ÉQUIPE TOUS LES DEUX, UNE FOIS PAR SEMAINE, TU REÇOIS UN MYSTÉRIEUX APPEL...
KANNNNNNN
J'AI BIEN VU QUE TU TREMBLAIS COMME UNE FEUILLE À CHAQUE FOIS !
ET TU SAIS CE QU'IL RÉPOND INVARIABLEMENT ?
SWIP
NON, MAIS VOUS ALLEZ ME LE DIRE !
TAIS-TOI, XING !!

MES HOMMAGES, CHÈRE GRANDE SŒUR ADORÉE
...
TRRR
OOH
UNE MINUTE !
SI MES SOUVENIRS SONT BONS...
LA SŒUR DE TARRAS EST UNE WH DE CLASSE S QUI DIRIGE LE DÉPARTEMENT DU NORD !

ELLE S'APPELLE TANIA DOBERG...
MAIS ON LA SURNOMME "LA GRANDE PRÊTRESSE DE LA TERRE" !
JE NE VOUS COMPRENDS PAS, TARRAS ! IL PARAÎT QUE TANIA EST APPRÉCIÉE DE TOUS !
?
C'EST PARCE QUE LES GENS IGNORENT SA VÉRITABLE NATURE...
MOI AUSSI, LES AGENTS DE CLASSE S ME FONT FLIPPER !

SURTOUT UN EN PARTICULIER...
IL S'AGIT DE BI HYUNG LANG !
VOUS PARLEZ SÉRIEUSEMENT ?
ET COMMENT !
LA PLUPART DES CHASSEURS DE CLASSE A ONT VOULU SE MESURER À LUI..
Y COMPRIS TASHA, TARRAS ET MOI !
JE PARIE QU'IL VOUS A TOUS MIS LA PÂTÉE !
QUELLE BANDE D'INCONSCIENTS !
MÊME PAS.
COMMENT ÇA ?

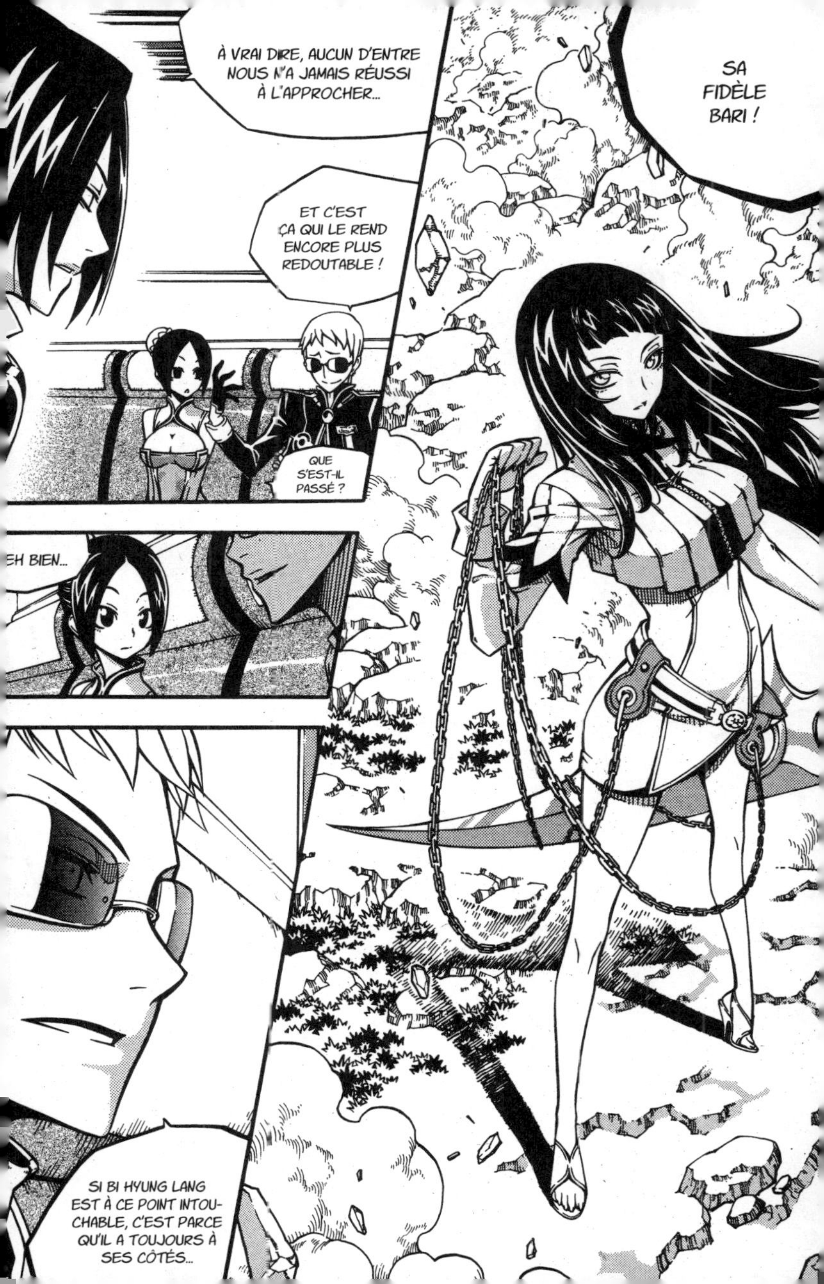

SA FIDÈLE BARI !
À VRAI DIRE, AUCUN D'ENTRE NOUS N'A JAMAIS RÉUSSI À L'APPROCHER...
ET C'EST ÇA QUI LE REND ENCORE PLUS REDOUTABLE !
QUE S'EST-IL PASSÉ ?
EH BIEN...
SI BI HYUNG LANG EST À CE POINT INTOUCHABLE, C'EST PARCE QU'IL A TOUJOURS À SES CÔTÉS...

SWOOOOO
KRAAANG
KRAANG
COMBIEN DE FOIS FAUDRA-T-IL TE LE RÉPÉTER ?
TES ATTAQUES SONT VAINES !

TOI ET MOI, NOUS ÉVOLUONS DANS DEUX MONDES DIFFÉRENTS...
LES ÊTRES DOTÉS D'UNE RÉALITÉ MATÉRIELLE, COMME TOI, N'ONT AUCUNE PRISE SUR LES CRÉATURES IMMATÉRIELLES TELLES QUE MOI.
CEPEN-DANT...
LA RÉCIPRO-QUE N'EST PAS VRAIE !

ARGH !!
FLASH
TANT QUE MON MAÎTRE RESTE AUPRÈS DE MOI...
MES COUPS POURRONT T'ATTEINDRE !

KR AA K
MAXI RAYON OCULAIRE !!!
JE L'AI TOUCHÉ À BOUT PORTANT... CETTE FOIS, LE COMBAT EST TERMINÉ !
WOOOOOOO

TCH
MON SABRE EST EN PITEUX ÉTAT, ALORS QUE CE MONSTRE N'A MÊME PAS UNE ÉGRATIGNURE !
ENCORE RATÉ !
KRAK

MAINTENANT, ÇA SUFFIT.
TAP
STOP !
JE M'OCCUPE DE LUI.
JE PEUX ENCORE ME BATTRE !
MAIS... MAÎTRE !
JE SAIS.

J'AI TOUTE CONFIANCE EN TOI, BARI.
MAIS C'EST BIENTÔT L'HEURE DU THÉ !
ET TU SAIS QUOI ?
ECLIPSE EN A DÉNICHÉ UNE NOUVELLE VARIÉTÉ, EXTRÊMEMENT RARE
C'EST UN THÉ DIVINEMENT PARFUMÉ, PARAÎT-IL...
OR, PERSONNE NE SAIT MIEUX LE PRÉPARER QUE TOI !
TOUT LE MONDE ATTEND AVEC IMPATIENCE TON RETOUR POUR SAVOURER CE PRÉCIEUX BREUVAGE.

COMME IL VOUS PLAIRA, MAÎTRE !
WOOHH
ALORS COMME ÇA, ON SORT LE GRAND JEU ?
TU AS UN SUPPORTER EXCEPTIONNEL ...
MAIS, SI TU TIENS À LE GARDER EN VIE, TU AS TOUT INTÉRÊT À PRENDRE SA PLACE !
NOUS EN REPARLERONS ...

UNE FOIS QUE TU L'AURAS VAINCU !

WUPP
SSH
À MOI, L'ESPRIT DU PÊCHER* !
J'EN APPELLE AU POUVOIR DES ESPRITS...
* "DO" (EN CHINOIS DANS LE TEXTE), NDT.

SWiiiSH
UUNN

* "HUÀ" (EN CHINOIS DANS LE TEXTE), NDT.

TCH

BAM

AAARGH!!!

GRRR !!
GNNN...
ZA SH
RAAAH !!

CIA
K
HIP
WU
ON
J'EN APPELLE AU POUVOIR DES ESPRITS...
À MOI, LE FEU D'AVICI !
TCH

DIS-TOI QUE TU N'AS PAS EU DE CHANCE AUJOURD'HUI...
TAK
ET VOILÀ LE TRAVAIL !
FSHHHH
LE HASARD A VOULU QUE TU TOMBES SUR MOI !

JE SUIS...
LE MEILLEUR...
DE TOUS LES WITCH HUNTERS !

NE VOUS EN FAITES PAS, LINDA... LE Q.G. SERA SOUS BONNE GARDE DURANT NOTRE ABSENCE !
EN RÈGLE GÉNÉRALE, CHAQUE DÉPARTEMENT EST PLACÉ SOUS LA RESPONSABILITÉ D'AU MOINS DEUX WH DE CATÉGORIE BLANCHE...
NOTRE Q.G. EST PARTICULIÈREMENT BIEN PROTÉGÉ, EN RAISON DE LA PRÉSENCE DE DIANA.
ET SI LA DIRECTION N'A JAMAIS JUGÉ UTILE DE RECRUTER UN SECOND AGENT DE CATÉGORIE BLANCHE, C'EST PARCE QUE BI HYUNG LANG EN FAIT DÉJÀ ASSEZ POUR DEUX !
BEN DIS DONC ! C'EST BIEN LA PREMIÈRE FOIS QUE JE T'ENTENDS LANCER DES FLEURS À QUELQU'UN !
SI TU SAVAIS...
MON MAÎTRE AVAIT CONFIANCE EN LUI.

EST-CE QUE VOUS AVEZ D'AUTRES QUESTIONS ?
JE ME DEMANDE VRAIMENT CE QUE JE FICHE ICI !
IL Y A UN PROBLÈME
PFF !
ET COMME SI ÇA NE SUFFISAIT PAS, JE SUIS OBLIGÉ DE FAIRE ÉQUIPE AVEC CE SOUS-FIFRE !
JE N'AI QUE FAIRE D'UN TYPE QUI FRICOTAIT AVEC UNE VULGAIRE SORCIÈRE !

JE T'AVAIS PRÉVENU ! JE NE TOLÉRERAI AUCUN MANQUE DE RESPECT ENVERS MON MAÎTRE !
TU TE DOUTES BIEN QUE JE NE VAIS PAS EN RESTER LÀ !
VOYEZ-VOUS ÇA !
C'EST QUAND TU VEUX !

ÇA SUFFIT, BANDE D'IMBÉCILES !
JE VOUS RAPPELLE QUE NOUS SOMMES EN MISSION !
SANS COMPTER QUE VOUS RISQUEZ DE BLESSER LINDA !
EUH... HALLOWEEN...
INUTILE DE ME REMERCIER. JE MAÎTRISE LA SITUATION !
TU ES SÛRE QUE LEURS JOURS NE SONT PAS EN DANGER ?
AUCUN RISQUE !

CE SONT DES DURS À CUIRE !
QU'EST-CE QUI SE PASSE ?!
ÇA ALORS !

VOUS VOYEZ CE QUE JE VOIS ?
VOILÀ NOTRE CIBLE !

VOUS CROYEZ QUE NOUS AURONS LA CHANCE DE TOMBER SUR DES ADVERSAIRES DE VALEUR ?
ON PEUT TOUJOURS RÊVER, DELLING !
NE NOUS ÉGARONS PAS ! ON N'EST PAS ICI POUR S'AMUSER, BLISS.
ARRÊTE DE JOUER LES RABAT-JOIE, CÉCILE !
IL N'EM-PÊCHE QUE J'AI RAISON, ANDRA...
ASSEZ BAVARDÉ !
PASSONS À L'OFFENSIVE !

NOUS DEVONS D'ABORD ISOLER UN PRISONNIER !
ET NOTRE MISSION, ALORS ?!
CE N'EST PAS CE QUI ÉTAIT PRÉVU !!
UNE MINUTE, CUBLEON !
CELUI QUI SURVIVRA À NOTRE ATTAQUE SERA FORCÉMENT LE MEILLEUR DE SON GROUPE...
CE NE SERA PAS NÉCESSAIRE.
ET CE SONT TOUJOURS LES PLUS FORTS QUI DÉTIENNENT LE PLUS D'INFORMATIONS UTILES !

WUU
NNG
SHU K
SHU K
CIA
KK
HI

BABAM
BAMBAM
TU N'Y ES PAS ALLÉE DE MAIN MORTE !
OOOOHH
!!
JE RÊVE ?! LE TRAIN EST INTACT !

TOUS MES PROJECTILES ONT ÉTÉ NEUTRALISÉS AVANT D'ATTEINDRE LEUR CIBLE !
QUOI ?!
C'EST LUI, LE PLUS FORT DU GROUPE...
NOUS AVONS TROUVÉ NOTRE PRISONNIER !

MAIS QUE FAISAIT TARRAS PENDANT CE TEMPS ?

SWOOOOOOH
DE PAR LE PACTE QUI LIE LE SERVITEUR À SON MAÎTRE...
OUVRE-TOI, BOURSE MAGIQUE !
DES BOULES NOIRES FONCENT DROIT SUR NOUS !
AU SE-COURS !
JE T'ORDONNE DE FAIRE APPARAÎTRE...

BAM
TAP
SHH
QUE LA FÊTE COMMENCE !
COLT LONG ACTION
MON COLT CUSTOM MAGIQUE !!

WUUUUUUUHH
QUE NOUS RAMÈNERONS...
C'EST LUI...
C'EST DÉCIDÉ !

24
L'ENTENDEMENT HUMAIN

DEBOUT, SURT !
TAP
RELÈVE-TOI !

TE VOILÀ À TERRE POUR LA SECONDE FOIS DE LA JOURNÉE...
TU N'AS PAS HONTE ?
LÀ, TU LUI EN DEMANDES BEAU-COUP TROP...
C'EST DÉJÀ UN MIRACLE QU'IL N'AIT PAS ÉTÉ PUL-VÉRISÉ PAR MON FEU D'AVICI !
SILENCE...
MISÉRABLE HUMAIN !

JE T'INTERDIS...
DE JUGER MON SUPPORTER...
SELON LES CRITÈRES DE TON ESPÈCE !

C'EST PRODIGIEUX !
MAIS À QUOI BON ?
TON SUPPORTER TIENT À PEINE SUR SES JAMBES !
RAPPELLE-TOI CE QUE JE T'AI DIT : MES POUVOIRS DÉPASSENT L'ENTENDEMENT HUMAIN !
JE SUPPOSE QUE TU CONNAIS LES LIENS PRIVILÉGIÉS QUI UNISSENT UNE SORCIÈRE À SON SUPPORTER ?
OUVRE GRAND LES YEUX, HUMAIN ! TU VAS AVOIR DROIT À UN SPECTACLE EXCEPTIONNEL !
WUUUUN
DEPUIS LE JOUR OÙ J'AI PRIS CETTE APPARENCE...
PERSONNE, HORMIS VARIETTE...

NE M'A JAMAIS VUE INSUFFLER DE L'ÉNERGIE MAGIQUE...
À MON SUPPORTER !!

SSH
TAK
TI K
HIN HIN...
HA HA !
HÉ HÉ HÉ !
MOUAH HA HA HA !
IL FAIT PEUR À VOIR !
MAIS QU'EST-CE QUI LUI PREND ?
C'EST BIEN CE QUE JE CRAIGNAIS...
C'EST-À-DIRE ?

IL A PERDU LA BOULE POUR DE BON !
TOUT À FAIT ENTRE NOUS, IL A TOUJOURS ÉTÉ TORDU, COMME MEC !
JE SAVAIS BIEN QU'IL ALLAIT FINIR COMME ÇA !
TANG
FSSSH
ÇA T'APPRENDRA À PARLER À TORT ET À TRAVERS !
AU FAIT, LINDA ! IL FAUT QU'ON PARLE !
D'APRÈS MES CALCULS, J'AI DROIT À UNE PRIME SPÉCIALE POUR AVOIR SAUVÉ TOUS LES PASSAGERS DU WH EXPRESS !
ÇA VA ME RAPPORTER GROS, SURTOUT SI JE RÉCLAME EN PLUS LA MOITIÉ DE LEUR SALAIRE À TOUS LES VOYAGEURS !
BO-ÏN !

EUH... TASHA ?
OUI ?
D'APRÈS LE RÈGLEMENT...
LORS DE LEURS DÉPLACEMENTS PROFESSIONNELS, LES AGENTS DE CLASSE S ET A ONT L'OBLIGATION CONTRACTUELLE DE PROTÉGER LE MATÉRIEL ET LE PERSONNEL !
EN D'AUTRES TERMES...
VOUS N'AVEZ DROIT À AUCUNE COMPENSATION FINANCIÈRE !
TONF
JE DÉMISSIONNE !
QUOI ?!

APRÈS TOUT, IL Y A ENCORE TROIS WH DE CLASSE A DANS L'ÉQUIPE ! ILS SE DÉBROUILLERONT TRÈS BIEN SANS MOI !
A... ATTENDEZ !!
JE VOIS CLAIR DANS TON JEU !
TU ESSAIES DE TE DÉFILER PARCE QUE TU AS LA TROUILLE !
ALLEZ, RECONNAIS-LE...
TA
TAP
TU NE T'ATTENDAIS PAS À DEVOIR AFFRONTER CINQ SORCIÈRES D'UN COUP !
TAP

ÇA NE M'ÉTONNE PAS DE TOI ! LA VÉRITÉ, C'EST QUE TU NE VAUX RIEN SANS TOUS TES GADGETS BRICOLÉS PAR SORCELLERIE !
ALLEZ, VA-T'EN ! JE SUIS PARFAI-TEMENT CAPABLE DE MENER CETTE MISSION À BIEN SANS TOI !
AUTREFOIS, JE LUI AURAIS TROUÉ LE BIDE POUR MOINS QUE ÇA... MAIS SES PROVOCATIONS NE ME TOUCHENT PLUS, À PRÉSENT... IL EST VRAIMENT TEMPS DE TOURNER LA PAGE !
TONF
ENTENDU.
JE TE SOUHAITE BONNE CHANCE !
TAP
TAP
TAP
VOUS ÊTES SÛR QUE ÇA VA ALLER ?
OUI, POUR-QUOI ?

SI L'AGENT COOGA KUNEIN PARVIENT À CAPTURER CES CINQ SORCIÈRES, IL VOUS DEVANCERA DANS LE CLASSEMENT DES MEILLEURS WH DU MOIS !
ET, DU COUP, C'EST LUI QUI EMPOCHERA LA RÉCOMPENSE !
(UNE SOMME RONDE-LETTE, EN PLUS !)
BAM
BAM
ARG !
VENEZ, QU'ON EN FINISSE !!

ILS SONT MARRANTS... BON, QUI SE DÉVOUE ?
MOI, JE VEUX BIEN !
CE GAMIN... E COMBAT DISTANCE MBLE ÊTRE SON POINT FORT...
JE VAIS LE FORCER À M'AFFRONTER AU CORPS À CORPS... ÇA PIMENTERA UN PEU LA PARTIE !
POURQUOI PAS ? MAIS TU VAS AVOIR DU MAL À L'APPRO-CHER...
SU
T'INQUIÈTE, CUBLEON ! MES MOUVEMENTS SONT SI RAPIDES QU'IL N'Y VERRA QUE DU FEU !
EN GARDE !!

BAM
SHH
BIEN TENTÉ, PETIT...
ZGH
MAIS TU AS ENCORE DES PROGRÈS À FAIRE !!!

ELLE EST BALÈZE !
QU'EST-CE QUE TU CROYAIS ?
ET MAINTENANT, LE COUP DE GRÂCE...

TES RÉFLEXES NE PEUVENT PAS ÊT ASSEZ RAPIDES POU ÉVITER...
TU N'ES QU'UN SIMPLE MORTEL !
QUOI ?!
C'EST IMPOSSIBLE !!
MES ATTA-QUES !!

SI, LA PREUVE !
COMPARÉE À CERTAINS DE MES COLLÈGUES, TU TE TRAÎNES COMME UNE LIMACE !
UNE DE MOINS !
À LA SUIVANTE...
ALORS, À QUI LE TOUR ?

W U U U SHH
OUPS !
POURVU QU'IL NE SOIT PAS MORT !

BAM
OUF !
IL EST TOUJOURS EN VIE.
BAM
BAM
BAM BAM
BAM BAM
IL EST SOLIDE, CE TAS DE FERRAILLE !
C'EST NORMAL...
MON SUP-PORTER A ÉTÉ FORGÉ À PARTIR D'OR MAGIQUE !
VOYONS S'IL RÉSISTE À UNE DÉCHARGE ÉLECTRIQUE DE NIVEAU F2...

PAR LE POUVOIR DE GUNGNIR !!

TSS ...
WUUUUUUU
JE N'EN REVIENS PAS...
JE PENSAIS QUE LA CARA-PACE DE MON SUPPORTER ÉTAIT INVULNÉRABLE...
IL FAUT ÊTRE VRAI-MENT STUPIDE POUR CROIRE QU'UN ABRI DE MÉTAL PROTÈGE D'UNE DÉCHARGE ÉLECTRIQUE !
N'EST-CE PAS ?

SPEAR OF ODIN* !
FZZZZ
JE NE M'ATTENDAIS PAS À CE QUE TU TE RÉVEILLES SI TÔT ! MES BALLES ENCHANTÉES NE SONT PLUS CE QU'ELLES ÉTAIENT...
C'EST GRÂCE À L'ANTIDOTE !
* LA LANCE D'ODIN, NDT.
QUEL ANTIDOTE ?!
C'EST XING QUI M'EN A FILÉ ! IL EN PRÉVOIT TOUJOURS UNE PETITE RÉSERVE QUAND IL FAIT ÉQUIPE AVEC TOI.
TOUT S'EXPLIQUE ! VOILÀ POURQUOI IL RESTE FRAIS COMME UN GARDON QUAND JE VIDE MON CHARGEUR SUR LUI !
(EH OUI, CERTAINS TIENNENT À RESTER EN VIE !)

JE N'AVAIS PAS BESOIN DE TON AIDE ! À L'AVENIR, MÊLE-TOI DE CE QUI TE RE-GARDE, OK ?
JE N'AI JAMAIS EU L'INTENTION DE TE SAUVER !
C'EST TOI QUE JE VISAIS, MAIS MA MAIN A LÉGÈREMENT TREMBLÉ AU DERNIER MOMENT.
JE VOIS...
...
HEIN ?
SI JE COMPRENDS BIEN, TU VOULAIS ME FAIRE LA PEAU ?!
IL FALLAIT BIEN QUE JE ME VENGE, NON ?!

MAIS ASSEZ TERGIVERSÉ ! RÉGLONS NOS VIEUX COMPTES UNE BONNE FOIS POUR TOUTES !!
ET COMMENT TU COMPTES FAIRE SANS TON POTE WORDS ?
JE N'AI PAS BESOIN DE LUI POUR T'ÉCRASER !
ALORS COMME ÇA, TU ME PROVOQUES EN DUEL ? C'EST BIEN UNE IDÉE DE GAMIN !
ON A EXACTEMENT LE MÊME ÂGE !
TU OUBLIES UN PETIT DÉTAIL...
J'AI AVEC MOI MON FIDÈLE SUPPORTER, QUI EST PRÊT À DONNER SA VIE POUR MOI !
ON FAIT MOINS LE MALIN, HEIN ?
BAM

HALLOWEEN !
...
MAIS QU'EST-CE QUE TU FICHES ?!
LA PAUVRE N'A TOUJOURS PAS REPRIS CON-NAISSANCE...
FLIP
FLIP
BAM
VA POUR UN BON VIEUX DUEL !
QUEL LOOSER, CELUI-LÀ !

JE TE FERAI TAIRE À TOUT JAMAIS, SALE NABOT !!
JE VAIS TONDRE TA TIGNASSE DE DÉGÉNÉRÉ !!
ON DIRAIT QU'ILS NOUS ONT COMPLÈTEMENT OUBLIÉES !
TANT MIEUX ! NOTRE TÂCHE N'EN SERA QUE PLUS AISÉE.

TU AS RAISON !
CIA
IL Y A DES JOURS OÙ ILS ME FONT VRAIMENT HONTE !
AH LÀ LÀ ! JE VOUS JURE...

IL SEMBLERAIT QUE MES AMIS SOIENT TRÈS OCCUPÉS...
MAIS JE ME FERAI UNE JOIE DE LES REMPLACER AU PIED LEVÉ, MESDEMOI-SELLES !
JE VOUS PROMETS DE FAIRE TOUT MON POSSIBLE POUR ÊTRE À LA HAUTEUR !

WUUUUUH
ALLEZ ! RECONNAIS TA DÉFAITE TANT QU'IL EN EST ENCORE TEMPS !
ALORS LÀ, TU TE FOURRES LE DOIGT DANS L'ŒIL ! RIRA BIEN QUI RIRA LE DERNIER...
ÇA SUFFIT, VOUS DEUX !
TAP

JE VOUS RAPPELLE QUE VOUS N'AVEZ PLUS TROIS ANS !
LA FERME !!
J'AI UNE IDÉE !
CELUI QUI BATTRA LA DER-NIÈRE SORCIÈRE SERA DÉCLARÉ VAINQUEUR !
IL EN RESTE ENCORE UNE ?
BEN OUI, REGARDE UN PEU LÀ-HAUT !
FLIP

QU'EST-CE QUE VOUS ATTENDEZ POUR M'ABATTRE ?
À CETTE DISTANCE, VOUS NE POUVEZ PAS ME RATER !
POUR QUI TU NOUS PRENDS ?
LES WITCH HUNTERS DE CATÉGORIE NOIRE NE S'ABAISSENT PAS À COMMETTRE UN ACTE AUSSI LÂCHE !
ET MOI...

MON HONNEUR DE CHEVALIER M'INTERDIT DE TRIOMPHER D'UN ADVERSAIRE SANS DÉFENSE !

GWOOOOHHHH
WUUUM

TU M'AS DÉFIÉ, EN DÉPIT DE TA CONDITION DE SIM-PLE MORTEL...
C'EST UNE AUDACE QUE TU VAS PAYER TRÈS CHER !

JE SUIS SURT, LE MAÎTRE ABSOLU DU FEU ! RIEN NE PEUT VAINCRE LA FLAMME ORIGINELLE QUI BRÛLE EN MOI...
PAS MÊME L'ÂME IMMORTELLE DES DIEUX !!
RETROUVEZ LA SUITE DE WITCH HUNTER AU TOME 7 !

LES APPARENCES SONT PARFOIS TROMPEUSES !

KRAK
QU'ON RIGOLE UN PEU !
MAIS QU'EST-CE QU'ELLE FAIT LÀ ?
COUCOU ! JE SUIS L., L'ASSISTANTE DE M. CHO.
JE ME SUIS DIT QUE LES LECTEURS EN AVAIENT ASSEZ DE VOIR UNE TÊTE DE CITROUILLE.
PFF... ELLE NE S'EST PAS REGARDÉE !
...
KR
AK
ÇA T'APPRENDRA À ME MANQUER DE RESPECT !
JE ME SENS BIEN ÉNERVÉE, TOUT À COUP !
DONC, JE DISAIS ...
VOICI ENFIN LE TOME 6 QUE VOUS ATTENDIEZ AVEC IMPATIENCE !!
C'EST VRAIMENT SENSATIONNEL !!
UNE FOIS DE PLUS, L'AUTEUR S'EST LÂCHÉ... LES SORCIÈRES SONT TOUTES PLUS SEXY LES UNES QUE LES AUTRES...
SHH
ET ENCORE, VOUS N'AVEZ RIEN VU !! J'AI UN SCOOP À VOUS RÉVÉL...
SWIP SWIP
JE PROPOSE DE PASSER À LA PRÉSENTATION DES PERSONNAGES, SUIVIE DES QUESTIONS-RÉPONSES !
GO !!

LINDA CUTHBURT

LINDA ET TASHA SONT DES AMIS D'ENFANCE. LA MÈRE DE LINDA ÉTAIT EN EFFET COMPTABLE DANS LA SOCIÉTÉ APPARTENANT AUX PARENTS DE TASHA. EN DIGNE FILLE DE SA MÈRE, LA DEMOISELLE A TOUJOURS ÉTÉ DOUÉE AVEC LES CHIFFRES. LES DEUX FAMILLES SE SONT PERDUES DE VUE LORSQUE LES GODSPELL ONT ÉTÉ RUINÉS. PLUS TARD, LORSQU'IL A EU LA POSSIBILITÉ D'ENGAGER UNE ASSISTANTE, TASHA A REMUÉ CIEL ET TERRE POUR LA RETROUVER. LINDA EST L'UNE DES RARES PERSONNES À BIEN S'ENTENDRE AVEC LUI. ^^

FELICE FIDELIER

LA FAMILLE DE FELICE A TOUJOURS ÉTÉ AU SERVICE DES WERT (DEVENUS WORTH AVEC LE TEMPS) ET, DEPUIS SON PLUS JEUNE ÂGE, L'ÉDUCATION DE FELICE L'A DESTINÉE À DEVENIR LA GOUVERNANTE DE WORDS. C'EST DONC TOUT NATURELLEMENT QU'ELLE L'A SUIVI LORSQU'IL A REJOINT LES RANGS DES WITCH HUNTERS. DE FIL EN AIGUILLE, ELLE EN EST VENUE À S'OCCUPER AUSSI DE COOGA. FELICE ESSAIE TANT BIEN QUE MAL D'ENSEIGNER LE RAFFINEMENT ET LES BONNES MANIÈRES AU COÉQUIPIER DE WORDS. FINALEMENT, ILS S'ENTENDENT ASSEZ BIEN... SAUF EN MATIÈRE DE CHAPEAUX. ^^

RIEN NE PRÉDISPOSAIT CETTE PETITE FLEURISTE À LA VIE TRÉPIDANTE DES WITCH HUNTERS. UN BEAU JOUR, ALORS QU'ELLE TRAVAILLAIT COMME À SON HABITUDE DANS LA BOUTIQUE FAMILIALE, TARRAS A EU LE COUP DE FOUDRE POUR SES PLANTES ET L'A CONVAINCUE DE DEVENIR SON ASSISTANTE. ELLE A BIEN SÛR ACCEPTÉ ; EN EFFET, LE SALAIRE PROPOSÉ ÉTAIT DIX FOIS SUPÉRIEUR À CE QU'ELLE GAGNAIT. MAIS IL NE SE PASSE PAS UN JOUR SANS QU'ELLE NE REGRETTE AMÈREMENT SON CHOIX, CAR TARRAS LUI EN FAIT VOIR DE TOUTES LES COULEURS.

ALISHA DAISY

Q&A

Q 1 – COMBIEN Y A-T-IL D'AGENTS DANS UNE ÉQUIPE DE CLASSE A ? CERTAINS SEMBLENT TRAVAILLER EN DUO, COMME WORDS ET COOGA, TANDIS QUE LES FRÈRES DE L'ÉTOILE NOIRE FORMENT UN TRIO. IL Y A AUSSI DES SOLITAIRES, COMME XING, QUI INTERVIENNENT PONCTUELLEMENT QUAND UN COLLÈGUE EST EN DANGER. EST-CE QUE CELA SIGNIFIE QUE CERTAINS WH SONT DES ÉLECTRONS LIBRES ? ET COMBIEN Y A-T-IL D'AGENTS DANS UNE DIVISION DE CLASSE B ? MÊME CHOSE LORSQU'IL S'AGIT D'UN DÉTACHEMENT SPÉCIAL. (QUESTION POSÉE PAR MOLLOHALKA)

R 1 – LA CHASSE AUX SORCIÈRES EST UN TRAVAIL EXTRÊMEMENT DANGEREUX. C'EST POURQUOI ON ENCOURAGE LES WH À TRAVAILLER À PLUSIEURS, ET DONC LA PLUPART DES WH DE CLASSE A TRAVAILLENT EN ÉQUIPE. IL N'Y A QUE TARRAS, XING ET TASHA QUI FONT EXCEPTION À LA RÈGLE (CELA DIT, ON PEUT CONSIDÉRER QUE TASHA ET HALLOWEEN FORMENT DÉJÀ UNE ÉQUIPE). SI CES TROIS-LÀ FONT CAVALIER SEUL, C'EST SURTOUT PARCE QUE PERSONNE NE VEUT TRAVAILLER AVEC EUX. LE Q.G. PREND PARFOIS L'INITIATIVE DE FORMER LUI-MÊME DES ÉQUIPES QUAND IL S'AGIT DE MISSIONS TRÈS RISQUÉES (DANS CE CAS, DES AGENTS DE CLASSE A, B ET C TRAVAILLENT CONJOINTEMENT). PAR AILLEURS, IL N'Y A PAS VRAIMENT DE RÈGLE CONCERNANT L'EFFECTIF D'UNE DIVISION B. SEULE COMPTE L'EFFICACITÉ. PAR CONSÉQUENT, DANS CERTAINS CAS, IL SUFFIT DE DEUX OU TROIS WH POUR FORMER UNE DIVISION. LES DÉTACHEMENTS SONT CONSTITUÉS D'AGENTS HAUTEMENT SPÉCIALISÉS. DANS LE TOME 3, PAR EXEMPLE, IL Y A UN DÉTACHEMENT SPÉCIALEMENT ENTRAÎNÉ AU COMBAT À DISTANCE (ET BIEN ENTENDU, ILS SONT NULS EN COMBAT RAPPROCHÉ ! ^^). IL N'EST PAS RARE QUE CES DÉTACHEMENTS SPÉCIAUX COMPRENNENT DES AGENTS DE CATÉGORIE NOIRE.

Q 2 – QUELLE EST L'ÉTENDUE DES POUVOIRS DE DIANA ? PEUT-ELLE RECOURIR À LA MAGIE HORS DE SA CHAMBRE ? (C'EST GÉNIAL DE POUVOIR CHANGER D'APPARENCE À VOLONTÉ, SURTOUT QUAND IL S'AGIT DE RESSEMBLER À L'ÊTRE QUE SON VIS-À-VIS CHÉRIT LE PLUS AU MONDE ! QUOI DE MIEUX POUR FAIRE PERDRE SES MOYENS À UN ADVERSAIRE ?) QUE SE PASSE-T-IL SI DEUX PERSONNES PÉNÈTRENT EN MÊME TEMPS DANS SA CHAMBRE ? PERSONNELLEMENT, JE PENSE QUE CHACUN DES VISITEURS VOIT DIANA SOUS LES TRAITS DE LA PERSONNE AIMÉE. (QUESTION POSÉE PAR SLEEPER)

R 2 – DIANA A LE DON DE LIRE DANS LE PASSÉ ET LE FUTUR DE SON INTERLOCUTEUR. MAIS CETTE FACULTÉ NE FONCTIONNE QUE LORSQUE SON VISITEUR POSSÈDE MOINS DE PUISSANCE QU'ELLE. C'EST POURQUOI IL LUI EST IMPOSSIBLE DE PRÉDIRE SON PROPRE AVENIR. DIANA PERDRAIT TOUS SES POUVOIRS SI ELLE QUITTAIT SA CHAMBRE, PUISQUE SON SUPPORTER N'EST AUTRE QUE CETTE FAMEUSE PIÈCE, LA "CHAMBRE DES APPARITIONS". C'EST LA RAISON POUR LAQUELLE LE Q.G. DE L'OUEST, OÙ ELLE RÉSIDE, RESSEMBLE À UNE VÉRITABLE FORTERESSE, ET QUE LES EFFECTIFS Y SONT LES PLUS NOMBREUX. LA CHAMBRE DES APPARITIONS N'EST PAS CONÇUE POUR ATTAQUER. MAIS, COMME TOUT SUPPORTER, ELLE A POUR MISSION DE PROTÉGER SA MAÎTRESSE, ET PEUT DONC REFUSER L'ENTRÉE AUX INDIVIDUS QUE DIANA REFUSE DE RECEVOIR. PAR CONSÉQUENT, ELLE DEMEURE INVISIBLE AUX YEUX DES INDÉSIRABLES. ELLE FONCTIONNE UN PEU COMME LA FIBRE DE L'OUBLI INVENTÉE PAR IDIA FLORENCE, QUI PERMET DE PASSER INAPERÇU. ENFIN, LA CHAMBRE DES APPARITIONS NE LAISSE ENTRER QU'UNE SEULE PERSONNE À LA FOIS.

Q 3 – J'AI CRU COMPRENDRE QUE LA PLUPART DES FEMMES DE LA FAMILLE DES NATURELS APPARTENAIENT À LA CLASSE D. CELLES QUI ONT LE NIVEAU POUR ACCÉDER À LA CLASSE B FINISSENT PAR DEVENIR DES SORCIÈRES. DANS CE CAS, QU'EN EST-IL DE BI SEOL, L'ASSISTANTE DE XING ? ELLE EST ASSEZ FORTE POUR ÊTRE UN AGENT DE CLASSE B... J'EN DÉDUIS DONC QU'IL S'AGIT D'UNE SORCIÈRE. MAIS L'ÉTAIT-ELLE DÉJÀ À L'ÉPOQUE OÙ XING ÉTAIT SON ÉLÈVE ? (QUESTION POSÉE PAR DOWN KID)

R 3 – IL EST VRAI QUE BI SEOL EST PRESQUE AUSSI FORTE QU'UNE SORCIÈRE... MAIS, COMME TOUS LES MOINES-SOLDATS DE L'EMPIRE DE BAIRONG, ELLE TIRE SA FORCE D'UNE PARFAITE MAÎTRISE DU KI (SON ÉNERGIE VITALE). MÊME SI BI SEOL EST UNE GUERRIÈRE HORS PAIR, SES POUVOIRS MAGIQUES NE LUI PERMETTENT PAS ENCORE DE DEVENIR UNE SORCIÈRE. EN EFFET, LA MAGIE ET LE KI SONT DEUX CHOSES TRÈS DIFFÉRENTES. AINSI, AUGMENTER SES CAPACITÉS PHYSIQUES À L'AIDE DE LA MAGIE PREND UN PEU PLUS DE TEMPS QU'AVEC LE KI. LA MAGIE N'EST DONC PAS TRÈS PRATIQUE DANS LE CAS D'UNE ATTAQUE SURPRISE. EN REVANCHE, SON EFFET DURE 24 HEURES, ALORS QUE CELUI DU KI, CERTES TRÈS PUISSANT, EST DE COURTE DURÉE. À TITRE D'EXEMPLE, XING EST UN ÊTRE ORDINAIRE EN TEMPS NORMAL, MAIS IL DISPOSE D'UNE FORCE COLOSSALE LORSQU'IL FAIT EXPLOSER SON KI.